# 蓝

## LAN

**孙启放** 著

时代出版传媒股份有限公司
安徽文艺出版社

**图书在版编目（ＣＩＰ）数据**

蓝/孙启放著. —合肥：安徽文艺出版社,2020.10
（2022.7 重印）
ISBN 978-7-5396-6889-5

Ⅰ．①蓝… Ⅱ．①孙… Ⅲ．①诗集－中国－当代
Ⅳ．①I227

中国版本图书馆 CIP 数据核字(2020)第 024405 号

出 版 人：姚 巍　　　　　　　　　策　　划：岑 杰
责任编辑：何 健 韩 露　　　　　　装帧设计：褚 琦
·································································
出版发行：安徽文艺出版社　　www.awpub.com
地　　址：合肥市翡翠路 1118 号　　邮政编码：230071
营 销 部：(0551)63533889
印　　制：山东百润本色印刷有限公司　　(0635)3962683
·································································
开本：710×1010　1/16　印张：13　字数：200 千字
版次：2020 年 10 月第 1 版
印次：2022 年 7 月第 2 次印刷
定价：49.80 元
·································································

# 重塑现代诗的"价值论":读孙启放诗所感

荣光启

## 一

我注意到孙启放不少诗歌中都有一个意象——"影子"。比如《松柏赞》《价值论》《释义》《立冬帖》和《度物论》等。我们先看《价值论》:

> 向死而生。死亡,已经在场。
> 我凋谢。
> 一池枯荷的败落颓废之美
>
> 细碎的盐粒,是生命体析出的糖霜
> 哦,请加速你的败落
> 请加深你的颓废
> 请抱紧你胸口的惊心动魄之美!
>
> 我的悲伤出于何处?
> 价值论冷笑不止。
> 我,只是一个影子
> 只是一个
> 被自身悲伤返照出的人形。

"我，只是一个影子/只是一个/被自身悲伤返照出的人形。"那个深度思忖生命与死亡的"我"才是更真实的存在，它是一个"影子"，但相对于世界之"相"，这影子似乎更真实。所以诗人说："世界无非由我，及"我"之外构成/事物蜂拥万古茫然/一切都会发生正在发生/我立于镜面前/与这正邪间的世界交换各自的影子……"（《度物论》）在《立冬帖》里，诗人说到在季节轮换的倾轧中不会发生"魔变"的是"我的诗歌"，它"像一片影子，被无情压缩"：

　　　　秋破，冬立
　　　　犹如暗箱操作的一瞬
　　　　我正好在这魔变的一瞬间醒来。

　　　　窗玻璃上有稀薄的雾气；
　　　　我所见的一切事物都有稀薄的雾气。
　　　　我看见中年水箱中最后一滴水
　　　　聚于龙头，欲舍不舍，却
　　　　总归滴下，总归无情。

　　　　我的诗歌正在秋冬对阵的倾轧中
　　　　不会魔变。
　　　　像一片影子，被无情压缩
　　　　成色由灰到浓
　　　　而浓黑恰好是我期望的
　　　　恰好，可以淹没季节的尖叫。

　　　　一场大雪已经不远。
　　　　我得收束自己谨慎的预测
　　　　白茫茫大地

是否，真如我想象的那样干净？

"影子"是从自我析出的一种存在，它如同"我的诗歌"，它是"自身悲伤返照出的"，写作中的丰富感受来自"影子"之存在，但作为人之生存，我们又时常要逃避"影子"。《松柏赞》中也有："尖锐的痛，如松针入背/而我开始惶恐：灯灭，影子如何分开？/毒药的历史/正从薄雾中显露出绛红尾翼//风举着云，最高的松枝挂上白旗/浑圆的钟声，使一场艳遇/对那位坐于松下，已了无气力的老僧/至关重要/市面上，松球已咳出松子//而那些难以计数的土岗，翻出新土/梳马尾的短腿的松，以整齐划一的孤愤/安静中慢慢长出牙齿"。诗人这里由松柏之针，联想到"尖锐的痛"，这挥之不去的生存的疼痛感，如"影子"，故诗人云："灯灭，影子如何分开？"

## 二

在自我与"影子"之间，是现代人生存中的一种灵魂里的恒切的紧张，所以鲁迅（1881—1936）在散文诗集《野草》中的《影的告别》（一九二四年九月二十四日）里写道："我不过一个影，要别你而沉没在黑暗里了。然而黑暗又会吞并我，然而光明又会使我消失。/然而我不愿彷徨于明暗之间，我不如在黑暗里沉没。/然而我终于彷徨于明暗之间，我不知道是黄昏还是黎明。我姑且举灰黑的手装作喝干一杯酒，我将在不知道时候的时候独自远行。/呜乎呜乎，倘若黄昏，黑夜自然会来沉没我，否则我要被白天消失，如果现是黎明。/朋友，时候近了。/我将向黑暗里彷徨于无地。"那个真实的、丰富的、正在言说现代诗语的"我"，要告别"你"（作者），但"我"无处告别，"我"最后的命运只能是"彷徨于无地"。这个"无地彷徨"，是鲁迅带来的一个现代写作者的处境：作者无法安放那个作为创作源泉的内在的"我"。

在《价值论》一诗中，孙启放也呈现了这种"你"与"我"的紧张关系，不过，诗人的"你"，是"我"所意识到的"生命"，那个我们不可抗拒的生命状态、时间或历史："向死而生。死亡，已经在场。/我凋谢。/一池枯荷的败落颓废之美//细碎的盐粒，是生命体析出的糖霜/哦，请加速你的败落/请加深你的颓废/请抱紧你胸口的惊心动魄之美！//我的悲伤出于何处？/价值论冷笑不止。""我"知道自己的命运，"我"同时渴望看见生命因"败落""颓废"的加剧而有的"惊心动魄之美"，这确是生存之悖论，是人的悲剧性命运，"我的悲伤出于何处？"无人解答。"价值论"在这里被拟人化，成为向我们微笑的命运之神。这个"冷笑不止"的情境酷似鲁迅《野草》中的另一名篇《墓碣文》（一九二五年六月十七日）的结尾：

　　我梦见自己正和墓碣对立，读着上面的刻辞。那墓碣似是沙石所制，剥落很多，又有苔藓丛生，仅存有限的文句——

　　"……于浩歌狂热之际中寒；于天上看见深渊。于一切眼中看见无所有；于无所希望中得救。……

　　"……有一游魂，化为长蛇，口有毒牙。不以啮人，自啮其身，终以殒颠。……

　　"……离开！……"

　　我绕到碣后，才见孤坟，上无草木，且已颓坏。即从大阙口中，窥见死尸，胸腹俱破，中无心肝。而脸上却绝不显哀乐之状，但蒙蒙如烟然。

　　我在疑惧中不及回身，然而已看见墓碣阴面的残存的文句——

　　"……抉心自食，欲知本味。创痛酷烈，本味何能知？……

　　"……痛定之后，徐徐食之。然其心已陈旧，本味又何由知？……

　　"……答我。否则，离开！……"

　　我就要离开。而死尸已在坟中坐起，口唇不动，然而说——

　　"待我成尘时，你将见我的微笑！"

　　我疾走，不敢反顾，生怕看见他的追随。

"我梦见自己正和墓碣对立……"这里是有三重关系,"我""自己"与那个真正的自己(它以墓碣文说话),"我"之所以能听到后二者的对话,也因为是在梦境之中,唯有想象之境才可以发生。而最终统领全场的是第四方——"死尸",如同命运,它给予最终的回答。若墓碣的正面说的是被"游魂"/"影子"纠缠的人之痛苦状态的话,墓碣的"阴面"则是灵魂里更深的追问:"我"能否知道"我"之"本味":"……抉心自食,欲知本味。创痛酷烈,本味何能知?……/……痛定之后,徐徐食之。然其心已陈旧,本味又何由知?……"

这是一个非常严重的问题,写作者对此感受最深:从语言与生存本真之关系的角度,语言能否担当存在真相的澄明?对于生存之痛,诗意的文字能否完整地表达出来,能否在语言中完成艺术形式的建构从而安慰自己的心灵?事实上写作者一直在遭受这样的存在与语言之间难以对等的苦痛,并且,这苦痛似乎无解。"待我成尘时,你将见我的微笑!"最后,死亡本身,胜过一切。所以穆旦(1918—1977)说:"……你给我们丰富,和丰富的痛苦。"(《出发》)孙启放笔下"价值论"的那个"冷笑"和鲁迅《墓碣文》中死尸的"微笑",都让人不寒而栗,但同时也让我尊敬,他们的写作都在面对一些"无解"的问题、让人痛苦的问题,在这个多元文化的时代,谈论"价值",似乎显得迂腐,而孙启放的作品,不仅有"价值论",还有"本体论""认识论"和"方法论"这些过于"认真"以至于不像诗题的诗题。

三

我发现孙启放不是因为数学系出生,爱炫耀自己的理性思维和哲学素养,故意在诗歌中玩弄知识的魔方,他的"价值论"似乎是严肃的。在《认识论》《丹青引》等诗中,他如同哲学家,谈论了"上帝""原罪"等问题:

上帝制造了我们

必有所图

黑云抱团成一面响雷的大鼓
累积出我们的死亡
雨水的铁蹄，词句般四溅出活力
天空，曾是我们的囚禁
曾是我们的解放

所有的上帝都袖藏着蜜糖或砒霜
犯禁，只是自由之一柄
那些提吊着的呼吸带着新鲜的欢喜

是时候了。万物皆暗喻

黄昏是一间密室
我们躲藏其中，必须
制造出自己的上帝
制造出值得我们随时原谅的神性

（《认识论》）

　　从"上帝制造了我们"到"我们……必须/制造出自己的上帝"，这是现代人的命运；这是系统神学的颠倒。按照神学的叙述：上帝创造宇宙万物和人；人是宇宙万物的管理者；人按照上帝的形象和样式被创造；人有上帝的荣耀；但人最终选择的是内心的私欲，不顺从上帝；于是世界进入人的秩序当中。"罪"的意思是：不是犯罪/罪行/crime；而是人与万物不在上帝创造他们的目的与秩序当中，是罪性/sin，是一种普遍状况；所以人与万物都在其中，没有人可以脱离；除非上帝的救赎来到、完成，此状况不可能得到改变及完成。

　　孙启放在这里叙述了现代人的悲剧性命运，但他同时更道出了我们在"上帝已死"的状况中赖以活命的方式:"制造出值得我们随时原谅的神性"。按照神学,人来自神,所以有"神性",但现在人不认识神,不愿意承认神,但在灵魂里面,本是上帝创造的人必须靠神性得以被喂养,于是,我们只好自己去寻找食粮,"制造……神性"。我将《丹青引》这首杰作理解为将"原罪忽略"之人最好的命运写照:"抬首望上,屋顶之上定是无底深渊/且将云烟经略,原罪忽略,枯荣省略/只劫掠美人于云烟之外/清除原罪,超越枯荣/看光从线条之上滑下,落于苍黄古宣/色彩泅漫,你携美人之手隐于留白/隐于空//将一条未经点睛之龙踢出画室/任盲目之龙,困于走廊/无助中嘶鸣咆哮!"在当代诗中,我们常常看到一些对人的颓败和虚无境况的叙述,但涉及真正"神性"之缺席、"原罪"问题的诗篇,鲜有看见。我发现孙启放在认真地追问一些明显的时代病况和基本的存在难题。

## 四

说实话,任何一位有点文学素养的人,都能在孙启放的诗中看到明显的特征,比如在语词、意象和境界上的古典意味。但孙启放不是仿古典,而是运用了古典的元素进行有个人性的再创造。比如那些"……帖"系列,诗题是古典的,但诗作的经验和语言完全是现代的,像这首《悲哀帖——致诗人》:

> 那些水一直将我们围起来
> 我们就是孤岛。
>
> 谁能说困境不是自己造成的?
> 一百年都过去了
> 时间的手握得那么疲惫
> 一群又一群泅渡者
> 掠走残忍和美丽的词句;

他们的离去使大地更深地陷入悲哀。

啊,那些利斧

词句中飞起的利斧!


我们是大地上唯一的枯柏

我们是唯一死死压住大地悲哀的人。


　　作者对诗人的使命非常看重:"我们是唯一死死压住大地悲哀的人","我们"虽然是"枯柏",这似死未死之物,提醒人们凝望大地/死亡;"压住",这个词非常重,不是说遮掩大地的本质,而是凸现一种凝重的生存状况,意味着去守护大地,去认真对待生命,重新思忖生命。

　　我们也注意到孙启放另一些诗作,是完全隔绝中国古典诗词之风的,比如《灰色》这样的作品,几乎所有的意象都是西方的,其意蕴也是关于罪、宽恕、忏悔、未知之域等现代性的主题:"调色师的圆盘脸有烟缸的气息/他确信:犹大怀中的银币是低度的灰。/抹大拉的体温,圣杯的隐喻/郇山隐修会黑色的长袍有白色的点缀。/黑人政客,白人金融家/被推搡的世界是健忘的。/杰克·伦敦的野性有冰雪的凌厉/而他的欲求是黑色的。/上帝说:宽恕你/这世上,有忏悔至死的人吗?/中间地带勾连出的深浅/霾一样复杂/早期雾伦敦一样不可详尽。"风格的多变可能来自诗人的文学素养,来自中西方的、来自不同学科领域的不同的语言、形式和相关命题,可能诗人比较娴熟,他有能力将之运用在诗歌写作中,所以诗人对此并不太在意,他似乎并不希望我们专注于他以何种方式写作,而是要专注于他写了什么:"诗是语言的吗?/那些深藏的幽冥中的鬼魂/语言,能够奈她几何?/你用钉子/能固定住幻变的流云吗/语言的能力/总是在诗远行的背影中无奈/我从来不用汉语写诗/我只是我的翻译/把另一个我/从人类共有的意识中/艰难又破碎地剥离出来"(《我不用汉语写诗》)。那另一个"我"是谁?那"人类共有的意识"为何?

　　我承认我平时喜欢专注于诗的语言艺术和形式技艺,而孙启放的诗,有许多这方面的杰出的质素,但我这一次实在被他诗歌中那些"严重"的,比如"价值论""认识论"和"本体论"这样的大词所吸引。我们的诗歌在口语化、日常生活化的洪流中漂泊太久了,许多作品习惯性地将诗歌写作的重心,放在呈现某一种片刻的日常生活经验、人生境界感悟、小哲理上面,缺乏对自我与世界、生命与存在的本质性的叩问。孙启放用了一些哲学性、抽象化的语汇,叙述了他所关切的人的一些"无解"难题,他对生存与生命的"价值"的不懈追问,本身呈现了文学写作的一种价值。对于当代汉语诗歌而言,他在"汉语"方面有丰富的素养,他也为当代诗歌带来了多样的形式,但他更提醒我们关切诗与写作的人类精神、生命困苦之"价值"层面,这样的写作者,实为可贵。

（荣光启,文学博士,武汉大学文学院任教。）

# 目　录

## 第二辑

## 第四辑

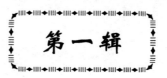

第一辑

# 认识论

上帝制造了我们
必有所图

黑云抱团成一面响雷的大鼓
累积出我们的死亡
雨水的铁蹄,词句般四溅出活力
天空,曾是我们的囚禁
曾是我们的解放

所有的上帝都袖藏着蜜糖或砒霜
犯禁,只是自由之一柄
那些提吊着的呼吸带着新鲜的欢喜

是时候了。万物皆暗喻

黄昏是一间密室
我们躲藏其中,必须
制造出自己的上帝
制造出值得我们随时原谅的神性

# 价值论

向死而生。死亡,已经在场。
我凋谢。
一池枯荷的败落颓废之美

细碎的盐粒,是生命体析出的糖霜
哦,请加速你的败落
请加深你的颓废
请抱紧你胸口的惊心动魄之美!

我的悲伤出于何处?
价值论冷笑不止。
我,只是一个影子
只是一个
被自身悲伤返照出的人形。

# 本体论

不仅仅是占领
桃花有间歇性歇斯底里。

一朵桃花，专注于少女的眉心
所传达的一无所附。
我的前世
用尽所有的时间找寻桃花。

而桃花并非就是"桃花"
可以是虫豸、牤牛、沙砾、顽石；
甚至白骨。桃花
必定是自己的异端和反动。

可桃花耗尽时
能以什么赋予万物？

哦，先生，请除去你的黑袍
除去哲学的黑鸦翅膀；
一切事物的本体就是这一朵桃花
又何须再造！

蓝

## 度物论

世界无非由我,及"我"之外构成
事物蜂拥万古茫然
一切都会发生正在发生

我立于镜面前
与这正邪间的世界交换各自的影子

我,只能以"我"度万物
若非,何以为度?

# 物质论

我必卑微。物质的人
不同种类的云朵
不同心境中，被称量出
不同的斤两

这与自然的韵律暗合
而抛弃自己的判定是多么不道德
有濒死经历者
叙述到天国的光芒格外明亮

光芒，也是物质
唯有死者能够结束自己的战争

云是顶在头上的湖泊啊
我们虔诚中播撒种子
泥土中开悟，犹如物质化的思想
犹如思想的物质化，总会
外溢出被毒物学认定的有害尘埃

## 相对论

突发的雨刚刚展开
又戛然而止
阳光灿烂，我恰好止住簌簌发抖的身体
一滴雨珠打在湿漉漉的阔叶上，又
弹起——

它闪闪发亮，翻滚
在离地不足两米处慢慢坠下
犹如高清慢镜头特写
漫长的一秒钟
不规则的镜面，交替变幻出
不同年代无数个我

# 读心术

呓语。被提示的自我阅读
犹记得小学班主任扑向我的内心。

风无休止勾勒着云,勾勒空中的奇趣
惊心的闪电、秘径、黑松林里的抢掠
无休止的奔跑。
一切的法则来源于一本发黄的书
山顶之上蹲伏长犄角的人
长久注视的瞳孔收缩成针眼。

小镇的拐角处,拄杖的乞丐有硕大的鼻子
将斑驳的碗常年放在地上
唱出自己的志向。
他有着奇怪的病理学知识
提供的细节让路过的人脸色煞白
一只软体的章鱼
无情的触手探入纵深。

迟到的坦然连带昨天的惊慌
我对读心术保持着一定的好奇

**蓝**

在一间半暗厢房
被还原的词句,影影绰绰的灰衣人
立在我的身后。

# 易容术

江湖水浑。
女巫的水晶球是一只万花筒

幽暗的松林,齐刷刷的松针
所有的线索都指向冈下的深宅大院
容颜常驻的女主人,献出自己最小的女儿
面孔,丢失在前世。

一袭青袍的药师,面具苍黄
收拾好自己干柴般的骨头
直挺挺的腿,咯噔咯噔的方步
诗囊里不同的人皮脸相互撕咬
出窍的灵魂
飘在脑后如一缕青烟

他们就是江湖。

沼泽深处,美艳的桃花坞魔笛般召唤。
一圈又一圈同心圆
尸阵的排列
仅仅是一个接受美学的问题。

# 致幻术

我只能看到迷雾中飘浮的红色烟头
早期的伦敦桥上有嗜烟的间谍。
啊，五十年代的拉美多么令人神往
哈瓦那，英俊的卡斯特罗
粗大的雪茄烟囱般指向空中。

其实我并不喜欢《乡村女教师》①
乏味的西伯利亚
灰冷色的背景
作为师范生的小子们是必看的
善意的提示：
黛西卡叶琳娜的身腰还算有韵致。

群山忽远忽近。立于两片镜面之间
无穷的数轴向两端延伸
我是吸附在数轴上无穷的点。
讲台上的讲师为何有两只变形的眼球？
何为正？何为负？

---

① 苏联早期的黑白电影。

圣人只能云：执两用中。

盲点，星星般布满书房。
据说有一对永不见面的量子
情人般纠缠。
脑袋是一只黑匣子，坠机事故
打不开
这臭皮囊只是一具走肉

哦，我得了断那扇门上锈蚀多年的锁
手指触摸前自行脱落
好像我
已具备了传说中的解锁之法。

蓝

# 隐身术

没有鸟叫的黄昏是不安的。
那么多精通隐身法门的人,随在身后

而我如此迷恋响箭
迷恋这黄昏中携带凶险的信息源
伏在体内的隐身人悄悄提醒:
"响箭会高于林梢"
这比我对黄昏的期待高。

而我已经步下堤坡
唯有此处湖水平;
唯有此处可端起大湖做干杯状;
唯有此处
可瞥见暮光中的阴影和心头的乌云。

会有一场大雪,落满新鲜的白生生鸟鸣
会有我在隐身处,
对一群躁动不安隐身人提醒的黄昏:
"北风一开口,蜡梅花就赶来了。"

# 象征性

摧毁城池莫如摧毁自己的肉身
请予我：禁食之静室
阉割之刃、苦修带、自我鞭挞之鞭
信仰是人心炼制的盲从
无敌利器，混合着
满血复活的耶稣、圣殿骑士
火与剑。而释尊
东方无忧树下的童声：万圣节已到
南瓜熬制的粥
有过于强盛的阳气

## 悲哀帖
### ——致诗人

那些水一直将我们围起来
我们就是孤岛。

谁能说困境不是自己造成的？
一百年都过去了
时间的手握得那么疲惫
一群又一群泅渡者
掠走残忍和美丽的词句；
他们的离去使大地更深地陷入悲哀。
啊,那些利斧
词句中飞起的利斧!

我们是大地上唯一的枯柏
我们是唯一死死压住大地悲哀的人。

# 白马篇
## ——兼致曹植

没有人见过抽象的马
力量、速度、优雅和高贵
现在，它来了
这是三月的云天
草原上的发情季节
草尖上翻飞越来越多的蝴蝶
一袭白衣的王子俯下身
马蹄下草浪宛如惊涛
而抽象的马在王子意识外躁动
现实让它蒙羞
更快冲上那道缓坡的
是清空之上一朵飞逝的云
它现在当然只能是一匹白马
一匹饰金羁的白马
典籍中出现过的白马
非"马"，亦非具象的"白马"
嘶鸣并非盲目
它负载的一众汉字多么辽远
有多么不着边际的空虚

## 春风劫

我何能废去这人性的泛滥？
假象,蓬勃的麦芒。
废去的琴弦回音
废去,压住舱底的铁石心。
花光湿透也罢
烟雨迷蒙也罢
需要废去的外壳。
自然之力浩荡如洪水
低头认命
那么薄,近乎透明的命
翻滚于绿色塑料假体之上
容不下你。你的厌世
你的妄想
你的病态爱恋
你的每一次抽搐性眨眼。
废去! 这暴力
这急匆匆幽灵的各自横行。

# 立秋日

立秋日小区葱郁堆积
是香樟还是橡木？
只有我，能够决定自己是谁

风中飘浮细微沙尘
酸胀的双眼泪流不止
楼上的油画家正在清理画笔
画布苍黄布满瘢痕
我只得说
"过度的精致是一种屈辱"

季节在刹那变幻
我只得问
自己，究竟会做谁？
天生的反对者
体内两只入秋的豹子
饱腹的酣睡
饥肠辘辘的那只正凶狠地来回踱步！

蓝

# 立春帖

立春这一天

阳台上的每一片草叶都有亡灵

不知名的祖先们来了

他们的骨殖恰好冒出新芽

合肥城积雪依然盈尺

我书房四壁却覆满诡异的绿色触须

提醒我清缴欠账

而在我的老家

嗜睡的白马寺①大梦初醒

一群村姑蓝衫清爽,发髻蓬松

她们集体害病

竹篮中采集的每一茎野花

都有隐秘的编码

---

① 白马寺,位于安徽省含山县巨兴乡。

# 损毁者

那些有摩擦力的文字
留下心灵上的划痕
而我,只能竭尽所能为之骄傲。

善感者憎恶逻辑。
如同,每个人都会有一场葬礼;
读书人必将受到轻慢
哪怕地狱的怒火从狭缝喷射而出。

放弃读书也有可能
当涌来的都是滑不溜手的汉字。

前天,有人提醒我春天来了,
春天的损毁者
也从沉睡中纷纷醒来。

## 食蟹记

突眼、外骨骼，五花大绑
正待下锅的蟹
蠕动的口器中溢出"咝咝"的泡沫

让老饕津津乐道的是
慢慢掏空的
蟹黄、膏脂、节肢中的条形肉
以及
分解一具躯体的快感

第一个吃螃蟹的人是必然中的偶然
偶然总会让人吃惊
比如非洲一族
喜食毛茸茸的褐色蜘蛛

想象螃蟹进食的画面
巨钳替代刀叉
食物链中端无所不食
有肢长两米的日本食人蟹
迅疾、沉稳，盔甲骑士的风度

被蒸煮出的螃蟹有醉意
宾服于醋、蒜蓉或更复杂的佐料
大杯的啤酒已端上
蟹兄,来来来
我们共饮这因泡沫无端而生的愤怒

蓝

## 荷塘记

荷塘的风和影

与农耕早期没有差别

知了的叫声

来自《诗经》里的"鸣蜩"

亭亭的大叶荷

像极了清一色翻戴绿笠的村姑

配别样红的荷花

一位着逍遥巾的青衫士子

正在树荫下踱步

那么眼熟

我胸中为何有不可遏止的冲动？

少安毋躁

是那些藏于淤泥中的藕吗？

依然盛唐的丰腴

一节节亮眼的嫩白胳膊

"哗啦"一下就出水了

这天然之荷的四季轮替

自然神工各自诱人

我一向偏爱枯荷寒鸟的景致

国画中寒寂的墨意

最宜听秋雨
那个青衫士子收起折扇走近
附耳说：
"兄，我是你的前世啊"
这细语如雷！
反观自身
不可除的遍体现代污渍
让我有突如其来的挫败感
和难言的不堪

# 梅花落

小妹将竹箫换成玉笛
干冷的风中
我看到她的面颊鲜红

我有小妹水晶般的手指
我有小妹水晶般的眼神

我看到雪花被风裹挟至墙角取暖
梅的骨朵
透出些羞涩的光来

寒香。小妹的玉笛在大雪外飞声
事实上
小妹的玉笛是在时间的未来处飞声

我依然保持在爱的困境中
我正在越来越大的雪中第二次老去

那些小小的半透明骨骸
落下；那些
慌乱中不知去向的小小魂灵

# 南　窗

趁大雪赏梅犹如雪夜对饮。
对面大病初愈的女子
一袭红装
来自蓝皮的线装书 。

大雪已停，完成了自己的存在。
眼前的梅
勃发的是原始欲望
你若不想，她就不会幽怨。

我有微量的花痴基因。
红萼若语未语
突然间，就美丽得不成样子。

# 冬　宴

毕竟，这个世界制造了我们。

冬宴被我们制造；阳光匿于雾霾
火锅、烧刀子、油汗、肥厚的味觉
以及

中年妇人蹂躏般爱的巴哥犬神态
比我们更像人类。

我们制造出"里脊"这个词
片成纸一样薄的
新鲜、粉红、半透明的
需沸腾的红油，需脆嫩感。

同时制造出医学院标本室，洁净的冰冷。

一架剔除干净的脊椎
悬挂，如同杀人于无形的独门兵器。

# 今　夜

这暗哑的衰竭中有意识鲜亮的嘴唇。
请融化我
我正在诗歌中低垂眼皮
注视语言底部深埋的少许阴谋。

高处被洗劫一空
甚至,最后一页的冲动。
唯一的内衣,僵死在椅背上的蛇蜕
来吧
请融化这四周的肃穆
缓缓飘荡的耽迷。

热吻汹涌。
我的沉重是液态金属
最低处
具有张力的流动。

# 碎 片

我所拼凑的黑夜并不完整。
忍受摧残时
作为碎片容器的仿古瓷
依附于书橱,怯怯然
和我一样
有懦弱的深刻

而破壁之人何在?
他说过:
"碎片知晓一切"
说这话时双目蓄有精光
现在,电话中的噪音是重金属质地
免提键
闪烁性感的光泽。

终于,世界都安静了
那些散落的正是我要拾取的。
如果我轻率
幻象就会结束
天光就会侵入

巨兽的足印就会消失；
我所爱的颓废
也只能是伟大的颓废。

某处，一些碎片
被某个不明真相的人连缀起来
他苦思的局部
正是我
苦寻不得的缺失部分。

蓝

# 隐　士

长久注目于收翅的蝴蝶
是一种合作态度。
我爱隐士荒废的灵魂
长满霉斑的心术。

我也爱他飘逸的须发
洁净的汉服；
爱他胸中虚幻的山水
杯里的菊花；
爱他墙面寒鸦布阵的天下格局。

我爱他包装一新的陈腐
舍我其谁的愚顽
爱他以天下为己任的悲悯之心。

隐士只有结束，没有开始。
在这个时代，谁还需要拯救？
我是他臆想中
络绎不绝寻访者的唯一。

# 蝴　蝶

蝴蝶被赋予太多的隐喻。
这锤角亚目昆虫
一万多种
姿态纷飞无以计。
穿裤衩戴凉帽的学者眼里
世界是捕网中的几枚珍稀品种。
哲学家们更玄妙一点
论述出一只蝴蝶
是整个世界的道理。
蝴蝶之梦,让人类
尴尬地站在两面相对的镜子之间。
我对比蝴蝶翅膀更轻薄的研究
从来不抱期望
知道蝴蝶不关心别人的认知
有自己的欢喜。
一万只蝴蝶可以赴死一万次;
没有一只蝴蝶
来一次自虐式的复活。

# 偶　尔

天光吝啬,落叶铺陈。
短下去的日子,受惊小兽般缩回蜗居
万物锋刃渐渐成型。
我匆匆走过这长椅一侧的沥青路面
对那个看不清性别的萎靡背影
投过去担心的一瞥。
他一人独坐
令秋天,成为危险的事物。

# 释　义

我时常梦见琳琅满目的超市
人性的货架上空无一物。
如果拂袖而去
暗示我捍卫了迂腐
这和捍卫真理又有什么区别？
世界缩小成一枚芯片
我们被强暴；
我时常梦见自己
就是一枚芯片的构成部分
而纳米之梦无有亲疏。
我时常梦见一间古老的房间
一根古老蜡烛微弱的黑色光芒
斑驳的墙壁上
投下我白色的影子。
可以建立起"定量状态"吗？
啊，亲爱的弗洛伊德
梦是一切的源头
而我终将背弃
终将在梦中不知所终。

蓝

# 秋　暮

在这个时辰,能够读我诗的人
于我,是一种博大的仁爱。

秋阳燃尽灯油,气焰已失
我不知道《诗经》里的那位歌手
是如何演奏自制的瑟
他正在河边,低头独品原始之甘美
脚下
是鹅卵般的顽石。

一望无际的原野
必然有武装到牙齿的兽,以及
快要收工回家的甲虫
它们聚集
在我尚未结痂的伤口周围虎视。

悲秋的鬼魂早早来了
带着怜悯,带着消瘦至透明的问候。

天边仍有稀薄的红,迟暮美人的残妆。

草木的世界疏朗空旷如斯
最后天光的针尖，无影的暗器
正惊飞诗歌中的一些词
蝙蝠一般腾起。

# 苍　翠

快慰于季节一夜间的轰然崩溃
我在这突然的改变中期待着什么?
这病态的逻辑
让我想起,大学课堂上
函数论老师嘴角上诡秘的笑。

即将来临的冬天无戏可唱
尽管她身上的一袭白衣
是大有来头的。

一个人看电视
抱在怀中的枕头就有了体温。
这只是一种假想
比如墙上那条正注目看我的小蜥蜴
也属于爬行纲有麟目

真正让我失眠的
不是她的沉睡,
是她,尚未被我发现的苍翠部分。

# 瓦　解

过期的情欲强加在桂花浓荫之下
只堪为瓦解。

言辞可以穿上外衣
蛊惑，是最敏感的部位
她独自承担了我们之间所有的憎恶。

而我，曾经把玩过庄子的玲珑塔
饕餮大餐。
她似乎默诵某种咒语
将床沿，升温为一道烧红的烙铁。

顾客稀少，车厢座那么宽大
头顶打下明亮的灯光
我们再次陷入两难。
咖啡杯口上，有罕见的紫色唇膏

老式摇柄电话的那头
她拾起话筒
却，坟墓般寂静无声。

# 锁　骨

两片锁骨耸起来。肩窝
抬高了暧昧的陷阱。

一千年了，玉面的妖
将娇言把玩成"叮当"作响的玉链
知道煽情
也认识"害怕"，这两个老旧的汉字。

自恋者必自伤。
移情，已非精神分析专用。
那些纸鹞在空中，大过飞行之瘾

"来呀，来呀！"
这治疗者的强烈投射
这割破手指的玉链，这法度的玉链；

"来呀，来呀！"
她知道，会有一个轮回的早晨。
啊，这妖媚的锁骨
这母性的锁骨。

# 霜　白

青儿,你非返青。
霜白的白是盐白,是万物腌制
白纸铺张了柿子的红
是咸味的。

青儿,你只是收敛的青。小心啊
瘦脸工程依旧
守候的青,已将霜白
弃于化妆品之外
弃于本初的心思之外
弃于诗人发乎情的字里行间。

青儿,你可知坚壁的枯枝
正接旨严阵以待
有人清野,挪出所有的地盘
流水也有归隐之心
与霜白,以腹语交流

青儿,你只能将舒张的叶脉埋在心底
低垂祖传上挑的媚眼

满意腰围的同时，看寒鸦的影
只一门心思与霜白
两不相犯。

# 寡　人

山河无病,寡人有疾。
寡人有疾,则无药石可治山河沉疴
沉疴沉睡
一口气尚能续千年,
而寡人之寡
无以续。

寡人只在意政治觉悟
其壮美远胜御花园的团团锦簇
令人昏厥。
寡人有深藏的不倦
所有的角色神出鬼没,其心可诛。
哦,巨大的寝宫有巨大的空缺
寡人被梦魇轻拍。

叛逆是生动的
自身的凛然。
挥赶不去的铁嘴鸦群纸灰一样腾起
又落下。

**蓝**

那些捉摸不定的鼻息啊。
有一二勘破机关,曰:
寡人无味
嘴里,早淡出鸟来。

# 描 摹

仿佛已没有了明天
不治的衰老。老,亦可成精。
枯寂的山水笔墨丛生春意
而孟德兵法竟然毁于一个侏儒的利口
智者,说出的真相是否讨人喜?
爱,只能是性的衍生啊
穿心的文字,斜飞至闹市的大屏幕
暴戾的广告词。
满头雾水的曹阿瞒
吃惊于,横槊的曹阿瞒;
铜雀春深的曹阿瞒,鸡肋的曹阿瞒
短歌,止于丧失。
依然有,水流长于长江之长
那齐声喝停中,又有何不可为?

蓝

# 换 季

死亡可否预订？
季节给我以正面的回复。
局促的厨房里
终极幸福只能是一把霉干菜
需要水、动物脂肪，以及
难以把持的时间。
推迟预约是不切实际的
这是暮秋，所有的动物都在准备冬装
公知们装点鸵鸟的羽毛
使用的虚词犹如巨大的头饰；
我所敲击的键盘也在要求升高室温。
太阳落山后
夜确实长得有点不像话
这倒是个难得卖弄深刻的机会：
翻遍哲学《辞海》
我所找到的，绝不可能是哲学
抑或，人们推崇的哲学精神。

# 灰　色

调色师的圆盘脸有烟缸的气息
他确信：犹大怀中的银币是低度的灰。
抹大拉的体温，圣杯的隐喻
郇山隐修会黑色的长袍有白色的点缀。
黑人政客，白人金融家
被推搡的世界是健忘的。
杰克·伦敦的野性有冰雪的凌厉
而他的欲求是黑色的。
上帝说：宽恕你
这世上，有忏悔至死的人吗？
中间地带勾连出的深浅
霾一样复杂
早期雾伦敦一样不可详尽。

# 滂沱

滂沱。窗外的大雨
街道上发飙的河水，冲锋舟横行。

一个住在十三楼的闲汉
滂沱，与我又有什么关联？
偶尔关心汉语中的一些词句
在下游被打捞上来
晾在月光下发白。

"瘝寐无为，涕泗滂沱"
那是先人们的泪水，不可再现。
这个世界多么潮湿；
这个世界早已枯萎！

# 深 处

为苍郁枯萎所均分的世界。
青涩少女
凝神将一只蝴蝶仔细压进书页；
水瓶座轻摇，雨水。

时间的触须微微弯曲
耐心，如一块忍受的巨石。

灵魂的白天和黑夜终合二为一
哦，那死者唇上冰冷的电流。

## 母　性

对于一头怀孕的母狼，你无从得知
她那隐秘的喜悦
是否带有羞涩的成分。
这头于暗夜中潜行的动物极度危险
可否赞美：
母性光芒赋予的加倍凶暴？

# 解　除

时间没过头顶
生命低于流水。

血液暴动：
当一张字纸在烈火中更衣
有人将债台高筑成堡垒。

有人在时间中永难老死；
有人在老死前永难彻悟。

蓝

## 邂 逅

这个抽烟的女士
修长的手指多么优雅。
公园的长椅
塑出她微微抬起的高傲下巴
优美的线条滑进风衣——

我真的知道那里有什么样的风景
我真的知道,她正在想什么。

如果不是她的美,遮蔽了一切;
如果不是脚下提醒
小城公园已凭空消失了多少年。

第二辑

# 不由分说

温习崖顶上的童话
知道朝天长嚎的
不是黑狼
夜晚的天光剪影出一头黑狼。而
狼能与人语
是不由分说的存在

我曾在一旁注视过朋友聊天
安静的风拂过
花香,窗帘微动
为何?
每一位朋友都有无数不同的侧影

我们与死者对立
只是所坐椅子的不同
古代,从没有大面积的玻璃幕墙
阳光从水面漫反射
误解的事实
往往比事实本身更清晰

蓝

小区绿色植物的秩序并非天生
楼的阳面,瞌睡的园丁裹在大衣里
他手中的利剪时时警醒
修整的能力
多么强悍
又,多么的不由分说

# 我不用汉语写诗

诗是语言的吗？
那些深藏的幽冥中的鬼魂
语言，能够奈她几何？
你用钉子
能固定住幻变的流云吗？
语言的能力
总是在诗远行的背影中无奈
我从来不用汉语写诗
我只是我的翻译
把另一个我
从人类共有的意识中
艰难又破碎地剥离出来

# 云是天空的假发

空如。云是空
湛蓝的色也是空
佛陀的心念不可捉摸
圆天是佛顶吗？
芥子也是。

莫衷一是。那些假发
湛蓝、阔大的圆顶、光影
相生相倚啊！
空幻纷乱的万象
消弭于低垂的眼皮
消弭于
眼皮之下两粒褐色石子般的眼珠。

# 关于冬天

没有什么气味比雪更加浓烈。
攥紧的一把雪
仍然是雪的一部分
惨白的阳光下
我摊开的手掌熟虾一般红
凸显出清晰的纹理。

最先剖开的,是黑色肚肠冷硬的路。

一只麻雀,停在可以敲响的
玻璃似的空气中
它掉转小小的脑袋
反复啄小小的冰冻尾羽
执着得令人吃惊。

冬天将被冬天冻死吗?
那些梅花
在我年轻时照着同一种体态开放
现在,却有了一万种踌躇
这让我切齿痛恨。

# 细语一种

雪不翻身
一年一床新棉被
雪把所有的想法捂在地里
慢慢焚尽
成为岚气或青萍之末的微风
事实上是一种细语
处于我们感觉的盲区
天，当然知道
地也知道
雪总是兑现眼前的承诺
忘了去年的
没有想出明年的
计划永远赶不上变化
唯一赶得上的
是那些轻易出口的誓言
赶得上一旦收回
人类早已经忘记了的
断舌之痛

# 莲与佛

莲承受了释教的德与威。

当佛陀临世
佛陀的愉悦是莲花的愉悦
佛手伸向莲花
安详，没有愧意。

佛座下的莲子从不考虑发芽
粒粒躺于莲蓬的弹槽
一把左轮
深藏佛陀的袖中。

# 黑暗有猩红的里衬

这么多年,我几乎忽略了这点
黑暗蠕动。

那些酸味提醒了我
我是存在的。
消失,也是一种存在

整整一个夏季,我口噙利刃
在黑暗湿滑的胃壁上寻摸
总有合适的地方
正待,翻开它猩红的里衬!

# 雪　后

如果诗魂不作强勉之劳碌
故园何妨有异乡气息。
反复描画的忧愤
谁能够不倦？
江淮间的气温曲线与心率相似
一场雪意料之中
雪之大却是意料之外。
你有意料之外带来的恍惚
恍惚中确切地认定：
那雪后的梅花如人世外的妖精
她的笑多么委婉
多么魅惑。

# 蓝

## 之 外

幻觉无尽，可撤销的
物理世界。
声和色有更多的频段，在
我们感知能力之外。

但饥饿不可撤销。
仍在疲惫燃烧的柴火不可撤销；
一张引火的旧报纸上
深渊般的数字，不可撤销。

不可撤销的黑室。病婴、饿殍
燎原之势的厌食症
陌生物种的气味，以及
一只蛹蠕动的口器
它们在我体内构成奇特的平衡。

让灵魂出窍
我能从空中俯视一次吗？
看得见自己躯壳，
看见祭天台上巨大的铜盆

诺言的灰烬

白得和雪一样耀眼。

# 明天深不可测

崭新源于明天。
万物如常吗？
我们虚构明天的鸟鸣
是旧的。
一厢情愿。而鸟鸣
确实妨碍了
我们在崖壁上的立足
那么多失足者
迷恋鸟的仿生学家
长出失败的翅膀
他们最终
把喙从人脸上扯下来。
没有谁丈量出
下一声鸟鸣的底细。
过往可以复制
而经验，必然被打破。
明天深不可测
明天的鸟鸣
永不可知。

# 局部的春天

买春者以粉敷面
书房壁上画一只鸟
立于有花骨朵的枝头
一缕寒风透墙袭来
吹翻鸟的羽毛
很细致的工笔
不是很远处
白马寺正举办开光大典
戏台上绿柳如丝
咿咿呀呀长袖似水
"苦煞了小奴家"
小奴家的媚眼如丝
书生的心乱如丝
我突然意识到
这是春天的局部
清晰度高于整体
小奴家洗去油彩妆
说，今天完事了
书房的墙壁上
那只鸟丢下一声鸣叫
不知所终

## 慈　悲

在他残破的耳廓后
有一道消失于僧袍内的刀痕。
长长的山道上
落叶被一堆堆归拢。
落叶是什么?
他双手紧紧攥住扫帚。
师父说:
"蝼蚁知佛性,落叶也慈悲。"
无量心、无量心
他胸中欢喜成一片光明
小心搜寻每一片落叶
如同小心搜寻
那些刀客中曾经的显赫对手。

# 风　衣

像风衣一样怀念风
抵御、隔绝。风衣将风
视为对手
而风养活风衣
风吹去日月,吹去尘土
吹走人
吹老斑驳的墙壁
红木的衣橱
现在,一袭黑色的风衣
就挂在那里
疲惫、空落、无聊
多么神往
那曾经半空中的轻轻一旋
斜飞而至的切面上
风,在臂弯中
一如疯玩后安静沉睡的孩子

## 花未眠

与梅花匹配的，只有少年和女性
我的少年从未成形
家乡的白马寺是未眠的
后院几株稀疏的老枝
让我脑中没来由地闪过
"柳梦梅"这个奇怪的名字
当早晨来临
惊落的花次第落入草丛
如果我有过所谓的少年
是一位曾经视花为畏途的逆子
一朵未眠的花
类似女性餍足的眠
白马寺空旷的草地上
那么多的少年将足球踢至天边
他们何尝明白
"花眠"或者"花未眠"
远不是梅花自身的道理

# 春　安

楼群如倾。一位轮椅老者
缓缓滑进明亮的日影。

有一刹那
他恰好停住
脸部,呈现出清晰的阴阳界。

# 与伯玉①书

伯玉兄：见字未能晤面
幽州台突兀千古
我见到的大抵是罪人
风沙湮灭旧迹
时光消弭功名
却可以磨亮带电的词句
时时闪我眼啊
哪怕暗夜也能一遍遍读
你分明一袭白衣
独立于一幅重彩油画
落日悲壮
身后的影子横切过古幽燕大地
直抵今日
而我，即便老妖般久存于世
也必然会在
未来的尽头处怆然涕下

---

① 指陈子昂，唐朝诗人，字伯玉。

# 白云深处

我有无救的愚顽
找不到白云的缺口。
只见识过
恣意的白云生出更多的白云。
未知的白云看不到深处，
我曾经着迷的是：
未知的深处当比深处更深。
在被白云虚抱的黄山
难见阳光的背面
一个嗜睡的人无有悲喜
叙述是眼前不远处的断崖式。
"深处是虚构"。
他似乎是一位超验者
挥一挥一片出岫的白云
"万物的私奔之心
也是虚构"。

## 清明祭

开始总想和你说几句
现在已没有什么可说了
该知道的你都知道
你定格的年龄不再遥不可及
墓碑上的照片只会旧不会老
你安静地住，我卑微地活
我老的模样让你吃惊
如果看得稍远点
会成为你的知心老兄弟
阴阳相隔
人鬼也可以达成默契啊
我还是喜欢一人来一人去
还是喜欢下点雨
看你的坟上多长一株草
世间，就多降生一个人

# 病酒帖

见过被石块击中
呈现网状裂纹的窗玻璃
光线散射
承担着不安中的明亮和尖锐

这与病酒的感觉毫无二致

只记得灯光灿烂，语言鲜活
一切轻重皆可承受
他将满满一大杯白酒灌进喉咙
自虐中有异样的快感

## 破鞋帖

鞋柜,张大嘴巴的惊讶
蓬勃者的双脚充盈青春的血脉

死死抓住水泥球场和雨天湿滑的坡道
我所喜欢的牢靠感顺延至今

曾经是洗涤池中两条活泼泼的鱼
曾经的好皮囊沧桑成罗丹刻刀下的老妓女

斑驳的黑胶底是两张被反复击打的脸
证据,残存的歧路上赭红色沙砾

当一种暗喻存在,世间的毒舌
伴一双破鞋的女人就会比日子走得还慢

这么一对黑暗中相互取暖的胃寒者
偶尔,沉闷的咳嗽声冲出时间的瓮底

# 固体的冬天

多么干燥的冬天。固体的冬天
全身心对付牙痛
口腔中塞满固体的痛
却让鼻血流下,尝到其中的铁锈味
属于少年时所磨的一柄柴刀
我仍然记得
少年院落里成堆的干柴
选择最硬的一根
将冰凌敲碎成白色的"盐粒"
口中喷出白色的气雾
风流动了,液体玻璃一般
这无关紧要
固体"盐粒"释放出液体
有一点就行
如同流下的鼻血,有铁锈味
如同柴刀有一线锋刃
冷冷地亮着
春天,你就不敢不过来

## 神的好恶无人知

都有一些旧事
如果从记忆中抠出来
就如同狠命起固执的钉子
有令人牙酸的声音。

我们不是神。湮灭是常态
事旧了就该成为死去的一部分。
刚刚起出的钉子
披挂着一身新鲜的黄锈
犹如现场的物证。

我们无法修补
快散架的过去摇摇晃晃
一回首便一无是处。

我们在明处吞咽酸水，
神在暗处，戴着实用主义头盔
清点着一根又一根钉子
他的好恶无人知。

# 真理下落不明

我所知道的饥馑年代
良善者因为一块面包可以杀人。

从何时起，
我总是陷入怀疑的困境？
记得宏大的理想
曾经左右过我懵懂的少年。

不会难以启齿
物质终归要大于情感需要。
而物质的世界
必然枯萎！

我的沮丧是轻微的，呈粉末状
几乎没有影响当下的行为。
繁华的大街上
每个人仍然在折腾自己。

任何的努力都建不起一堵哭墙。
真理下落不明。

**蓝**

那是我们的市树
烈日下的白玉兰茫然垂首。

# 万物温润

暮年之秋万物归本
积存的拗口词句突然释开。
放弃苦心植入的奥义
重现真实,大地多么辽远。

放弃鲜艳的肉体,虚设的容颜。
草木放弃丰茂
它们稀疏于物质和精神间的过渡
午后淡金的阳光下安宁如神。

天空放弃拥挤
水放弃私奔
风滴下寒露,放弃蛊惑和煽动。

暮年之秋于我不是预想。
坐太阳晒温的大石上是世间一物
万物温润,以仁善待我。

# 想象的圆桌

我曾醉心于古不列颠
高贵的亚瑟王
骑士们的伟大条例。

此时,从阳台进来的风是黏滞的
如透明之水
将我的想法一点一点吸附
下水管道里有动静
污水,正向楼下流去。

电视屏幕上巨大的圆桌
只是我的想象,也是世人的想象。
什么时候起
平等的话语比忠诚更可贵?

远处的又一栋高楼接近完工
"倾情巨献"。
偶尔的敲击声传来
让城市的心脏间歇性早搏。

"Pardon enemies"①
双语的字幕。
除了上帝，谁能够有宽恕的权利？
看到过高高在上的"宽恕者"
与人相处时
有巨大的危险。

---

① 英文，意"宽恕敌人"。

## 暴力一种

春天是一场革命吗？
乌鸦落在网球场金属网栏上。

灾殃。疾驰的疾病。
目击处无物幸免
"这小区早晚要关闭。"
乌鸦的铁嘴
是一把"咔咔咔"作响的剪刀。

"真正的暴徒可以洗劫空气。"
乌鸦演说时溅出口水
是黑色的

它顺势在我的白衬衫上疾书
竟然写出我体内疯长的春天曲谱！
它停顿了一下
"高音区,你要成为狠心的家伙。"

"挥霍吧!"乌鸦同时记录着一切
它怒气冲冲!

# 方式一种

安顿。可以有更好的选择吗？
野战服,雷明顿猎枪
身边的阿根廷杜高蹲坐犬类的尊严。
小溪上的小桥
若有若无的羊肠路
野杜鹃开得旁若无人。
奇迹没有发生
那座山,并没有来到面前。
他深深吸了一下隆起的腹部
如同穆罕默德
只有向那座山走去。

蓝

## 忧郁一种

请保留在你的眼中
就那么一丝
忧郁,是诸多名医的药引

就那么一丝
在你用背带捆扎
让小弟如同长在背上的时候
在别人甩着长辫跳橡皮筋
课间一身汗的时候
在你以精巧手法将妈妈的旧衣
改成自己唯一春秋装的时候

忧郁不会长大
就那么一丝
细语,挥之不去
在你大学时代青春劲舞的时候
在你聆听电台朗诵自己诗作的时候
在你满头白发坐在小区长椅上
看孙子嬉戏的时候

# 黑暗鞭长莫及

薄暮。黑暗在不远处窥视
瞬间
就会有铁墙般的封堵。

我能够告诉黑暗什么？
最深的寂寞莫过于
一尾游鱼
在黑漆似的水中褪去双目
成为黑暗的一部分。

而我不是那尾游鱼
有别于黑暗，
是黑暗中的埋伏、异动
黑暗中的刺点。

挥手止住。
空明
生发于世界的另一个维度
黑暗鞭长莫及！

蓝

## 空无的视觉

花开即为笑脸。
从嫩芽、飞絮、繁茂枝叶中的蠢动
从根须扎入泥土的那一刻
开始
繁衍和占据，均为一现。

必将沦落和枯萎的一现
这可悲的一现！

一现，即丧失。
蜿蜒而来的时光失于一现
未来的推证失于一现
而我，终究会厌倦自身的存在。

清除。纠结如乱麻的力道
看万物绷紧，看无处不在的一现
看看那些笑脸
多么无邪
多么像，童话中的新娘。

# 感知一种

我们所言的真理
总是掏空现实的内脏
简单、直接，赤裸的章法

草尖上的露珠——熄灭
环顾。庄严的黑袍
威权者四周的暗影深重而稳固
利爪锚住所有
却回收不了认知的万一

在劫难逃。被强制的感觉器官
是否又将
退化成人类的又一根尾骨？
当铁律拒绝稀释、变通、例外
锋利的正确性
是世界的另一面

哦，我看到日落之处，垂亡之城
燃烧的夕阳弹跳了一下
西窗剪辑出的古典女人
有雪山般容颜

# 偏头痛的蝴蝶

我经常被少年时的认知勒索
蝴蝶,偏头痛。
两个意象的强行介入
确实是一种很独特的滋味。

关键词:空间、扭曲的光线、色块
蝴蝶们纷纷醒过来
花枝招展
她们说,不飞行真是浪费。

失修的偏头痛排成老旧的栅栏。
蝴蝶巡游时
偏头痛是均匀的。
残破处,一些成员争先恐后
风潇草
突然的放纵——

快感之巅。
她们于破败的脑洞中休眠多年
总有一两只疯了的。

蝴蝶。偏头痛是反复崩溃的废墟。
我在废墟之上又一次悬停
落下。欲去不忍

# 桃花渡

春天蓬勃,水流夸张
江堤绿得无可奈何。

渡口,桃花眉眼明灭不定。
我有轻微的醉态
步履虚浮
胸中散乱的词句烟熏火燎
一如秦朝溃退的败卒。

江流两侧红白相映
对岸,就是梨花盛开的公社
桃花,桃花,渡我否?

"孽障!"灰发道士一声断喝。
鹤之鸣,哀哀。

渡厄、渡劫、渡难?
不远处,宏伟的桥塔高耸入云。
枯萎的待渡者格格不入
桃花渡,一碰即散。

## 缓慢的平衡

在我的家乡
白马寺巨大的银杏有神奇传说。

树旁，一条水沟承载了我的梦想
满头泥泞的少年
欢欣于沟底污泥之上
来回穿梭几尾鲫鱼的黑色脊背
此前，他用整整一个下午
将满沟水戽干。

这与我用整整半生时间
找寻词句中闪光的鳞片有点相似。
他的雀跃
我的沮丧
这乡下熟透的黄昏中两极
让时间，呈现出缓慢的平衡。

我是一个格格不入的外来者吗？
白马寺外，荒草权倾四野
一头小兽抖了抖皮毛

警觉地看我

它, 正慢慢绷紧自己的爪子。

# 天际微明

丝绸拂面。黑暗
犯罪现场,无尽之物涌出。
黑暗是源头,是
全部的一半。

我是黑暗的一部分。冲出去的
是我的一半。
左脑想事右鼻孔呼吸
一只眼
看一弯残月。

天际微明。隐隐约约的半张脸,
那,一道冷眉。

第二辑

95

## 颓唐之一面

春阳如愿。一张脸烟雾中探出来
剖出阴阳。
诸神规避。黑鸦摇着铁嘴。

我正全力剔除事物的疑惑部分
目尽处
空山之空蓄积无穷暴力。
牵挂你时
比终日宣传的理想还要致命。

一个又一个春日
反复确认:全都是很老的模样。
事物总会有颓唐的一面
总会
在一瞬间烂熟至腐朽。

依然有整整一原野油菜花的呐喊。
满是巨大象脚的天空
欲火正炽!

# 雨中秋怀人

中秋，于我是一件旧的月白内衣。
可以散发、跣足
以舒适的姿势念一首月光诗。

想起十年前，去一个城市找一个人
月亮大如虚构。
我们在阳台上赏月、喝酒，吃板栗烧鸭
她有秘制的桂花冰糖羹。

雨中秋无须自证。
在那个遥远的高原城市，月光的攻击
专心，有些过度。
灯火微亮细密雨丝，清爽的甜香
呼啸而至。

# 在大蜀山公园

这么一大群人，静悄悄走动
大蜀山的秋天被花香搅乱

只需留意，大蜀山每天都是新的。
江山也是
孤独是一种小闲暇
他远离人群，心里
装着无处不在又确实不存在的对话者

眼前无穷尽的台阶，并不意味着
朝上或者朝下
并逶迤到下一辈子

那只狮子够老。相视，彼此暧昧一笑
都熟知太多的
这尘世间不成文的潜规则

# 囚禁的脸

我的脸落在一本杂志上
彩照
平滑的纸面
墨香,处子般新鲜。

平面的脸,被囚禁的脸
沉思,微笑
抑或拿腔拿调的冷峻
与平常的我
完全不一样。

风中飘荡的脸,污水中
沉浮的脸
书橱一角越焐越黄。
人行道上
那么多垃圾为伍
"噗"的一声
一只大脚踩上去
我在书房里
半边脸有厚重的麻木感。

成为废物的脸。回收
化浆池里的脸
重新成为一张空白。
谁知道这张脸还有什么下场？

书桌前调节取景框般仔细。
我说:"你好"
蓝幽幽的刀片多么诱人
又多么危险。

# 盲　区

时间不败。永恒的疑惧
在于
身处暗黑而不自知。

时间浸润出传统
国家,总是介入角色内心的力量。

流动的盛宴,无以为继的
盛宴。
不可控的,滥用的虚妄之词
一碰即散的积木
梦游者的线路,有激光一样的精准度。

成为四季的敌人;被诡异和欲望
苦苦支撑的敌人。
有一小块盲区为你洗白;
有一小片白
为你去除恶之手。

蓝

## 烟酒帖


为了不影响喝酒
我的一个同事
说要去医院找一找关系
让自己体检结果正常一些

昨晚十一点了
烟盒里仍然有半盒烟
我决定再熬一次夜
把烟盒抽空
才是完整的一天

# 唤　醒

暗处视物,所有的物
具有黑暗一样的不确定性
我所视的黑暗
不能确定是哪个时代的黑暗

赝品的魅惑
闪亮,女孩喜欢随身携带的银匠
濒临绝迹的手工银匠
玻璃罩中的珍稀品
敲碎的玻璃有不一样的闪亮度
人的动物性,莫如
高中男生的表现急不可待

摸了摸粗砂纸一样的下巴
我在黑暗原处
唯时空漂移至日月苍老

# 巢

视觉第一。温度
想在高处为人的人变身为鸟。
多年前,我的家乡父老们居巢为国
腹部
排列完美的卵。

杀死自己身体一部分的外来力
由神鬼指引。
茁壮的枝叶汹涌退去
风起,巢是千里波涛上的孤舟。

居于巢,即是将身心
寄托于肋生双翅的老式宜居。
当楼盘被放大
灯火通明的书房里
横亘着钢筋混凝土的冷硬。

我无限眷恋一直堆积于体内的枯枝。
一只铁嘴鸦掠过
嗅到了某种血缘关系

哦,这老旧的世界一直被重构
也
一直幸存。

# 蓝

蓝

书上说，忧郁是蓝的。
那么，天空呢？复写纸、高山湖、蓝血人
包括被称为"蓝色妖姬"的玫瑰；
或许

与高贵只一步之遥。
制造呼吸。蓝，顺手制造出
涟漪、感激的阳台、金字皮面书。
一动不动的蓝
远不像是死了的
它干净、透明，有稳定的心脏。

它确实配得上。某些经典的画面：
比如酒吧半明不暗
吉他、牛仔帽
留长发的老男人
缓慢坠地铺展横溢的蓝调。

我知我所欲。
因了蓝

我之胆汁温热、微苦；胆囊
恰如其分地半饱满。

## 适意帖

天空是移动的空
指尖一厘米也是天空。

蛙泳的青蛙姿态无可挑剔
泳池多余
仿生的泳衣多余。

剥开簇拥的时间
枯荣之外，我只剩下本身；
"本身"犹如
地面突然消失的地下金属管道。

你何从知晓恒河之水由空而来？

蛙鸣挤满
管道蛇形
苦行者甘愿的折磨
有不足与外人道的内心欢喜。

# 言语篇

语言无敌。
语言鳞甲包裹的躯体可自动修复。
血污、疤痕、人工假体
些许邪气的盘角山羊刺青；
桃花俗艳
梅花高冷
他尽力绕过咖啡般浓烈的关系。

小女生眼中的男神。巧舌鼓唇
屏幕上哗啦啦的鳞片
老虎机哗啦啦——
娘炮用品
专卖店一家接一家
所用的每一个词都是无辜。

每天他都深深吸一口气
卸下鳞甲
犹如剥去一层痂
剥去，一个鲜血淋漓的旧我。

**蓝**

每一天他都新如鲜藕；
假寐时
词句的大象，山一样猛撞过来。

# 某市赴约

可以唱《山坡羊》的地方
几间小屋
犹如大河源头几滴水
顺势而下，有白壁黑瓦
女墙骑于树梢
可赋新词《清凉引》
导航女生提醒
"路段限速 40 公里"
车如洪流，楼群扑面
90 秒红灯等候
点燃一根烟
左手逼仄的一小块空地上
红色工程车像一个莽汉
它每一次转身，都让
这个城市的肛温又增高一度

## 暗物质

有那么一瞬间，没有相约
树梢雀群喧嚣中的突然寂静；
老婆推开书房门
说一句，恰好
是正想和她说的同一件事。

我并没有爱上科学家苦苦找寻的
害羞的暗物质；
我只是惊异于世间
诸多因果缠绕的相互衔接！

# 听 琴

七弦协力,拙劣模仿雁群
耳蜗,去它的细碎玻璃
只知道吴山贡鹅涨价了
专心养鹅的骆宾王
将鹅毛着色,编制成雁翎扇子
流水绕弯
溪边聚了些似动不动的枯叶蝶
下游了无诗兴
满江轮船转动巨大的桨叶
每一滴水都遍体鳞伤
烟波里坐一个瘦子
一身肥膘被心思吃掉了
如果说穿了
曲里拐弯的心思是作秀
有本事就让皇帝老儿高兴吧
嵇康是硬货,工尺谱铁铸的
也就聂政那厮配得上
如月球上的流星
省略穿越大气层的绚烂前戏
直截了当地粉身撞击

# 宿命论

玻璃的宿命是破碎
秋风是瓦解
真理是枯萎后的残枝。
西城酒吧敏感字句
注定敏感成惊恐
称为调酒师的"小二"
正用讥讽和媚笑
调制成一杯鸡尾酒;
城东某处
排污口高于人顶
赤条条的污水甩开泡沫
只用于控诉!

# 变　奏

人群嘈杂。小孩骑在爸爸脖子上
他，趁乱扔出纸盒
踩出的牛奶像四溢的民主浆汁；

50 公里外，几乎无人的乡村
一只黑鸦站在黑牛背上
它，不是黑牛的一部分。

第三辑

# 庄　周

"弄啥呢?"
庄子的蒙城口音比较重
蝴蝶吓了一跳
她所梦到的庄子是一头瞌睡的鲸。

庄子不会飞。他使劲睁开眼
慢慢意识到,远处露出海面的
是自己的尾部。

地球,一只小小的水球。

蓝

# 李 耳

老子天下第一

不是假的。骑的青牛

后来都成了精

当然,离恨天兜率宫

是妄人们的臆想

他只是擅读书的图书管理员

平常少有人请酒

量也就那么一丁点

周王室要倒

老子提前开溜

可西去出函谷关要缴费啊

那尹关令也有意思

把老子自洛邑带来的雾霾

看成了紫气

那一晚让老子喝得稀里哗啦

一杯是道所生

二杯是一杯所生

三杯是再加一杯所生

三杯之后,就生出万物了

老子第二天没有走

他的哲学
就诞生在东方饮酒史
这个著名的节点上

## 横槊帖

江南露已白，疏朗开阔的秋

有肃杀之气时可大饮

欲望之灯敞亮可大饮

怀中的诏书

代拟稿的江南降表

天下骨肉相残太久

这艨艟巨舰让宽阔的江面

犹如马蹄下的中原

西北风助我

文臣武将声名显赫

而我，阿瞒兄是个人物吗

明天将见证历史

今夜，且让久集胸中的诗句

和老年斑一道盛开

和江北岸上的百里营火一样盛开

啊，这突然沉重的槊

这突然猛烈的痛

盘踞于脑中的兽

提醒我尽快到达

月明星稀

南飞的乌鹊起于铜雀台
黑云一般压来
将止住夜间幼儿的啼哭
哦,幼儿般的江南
多美妙的人间

# 大风帖

开始吧,毁伤。如同上帝说
"要有光"
一些新词向我奔来
天地间该有新主人了,蛇
不该拦路。权力是最好的春药
从叫雉的开始,女人们
越来越年轻
有人会死,很多很多人
反正人总归要去那个地方
功名,就是死人堆起来的
如果给功名,死人
也愿意再死一次
世界真是一只骰子啊
神奇的六面体
除了将一切押上我还能怎么办
什么是操守
爱和恨又是什么玩意儿
大风吹得我踉踉跄跄
云飞扬兮,我随云而高
只要能骑在历史细弱的脖颈上

就可以左右未来
失败，又不是一次两次了
这莫名持续的独特快感

# 隆中对

隆中的山冈上草色连天
油菜花盛开。迟迟起,是幸福的。
我所看到的双眉
飞扬入鬓

一柄羽扇扰乱天下
点火,是强项啊
蜀地
是火中一枚最大的栗子。

江山是有气数的。
"临表涕零,不知所言"
我始终读不透
他所呈《出师表》结句的复杂性

亮,从来不是吃素的;
整整二十七年后,他的双眉
才垂下来
如蝴蝶濒死时
一对灰败疲弱的翅膀。

# 李　白

"先生怎么会老？"
李白摇摇头，对面的座位空荡荡
他知道在与一个鬼魂说话。

"喝！"他举了举杯。这坛酒
还是汪伦送的，好几年了，没舍得
现在，谁还送我酒啊

"神仙也会醉死！你这个鬼魂
也招不住。"
他第一次，举着杯微笑、清醒地说话。

"喝！"李白对着采石矶的老月亮
他的白发披下来
江心的舟子上，坐着个雪人

蓝

# 杜　甫

保存了这么多年
再新鲜的阴影
也会陈旧。
为何我要在陈旧至斑驳的阴影中
一再重复他的经验
想着,他早已反复想过的心思?

诗者,可以是一切的法度。
形形色色的人中
自己变身,一把锐利的尺子
度量万物与人性
他以掌猛击陶瓷般世界留下的裂纹
仍在延伸。

夜色在灯火中顾自蜿蜒
今夜,不被打搅
我再次摸到他瘦棱棱肋骨下激烈的心跳。

而一种想法让我惊悚:
窗外,有无数具腐烂之躯

正以泥土、草木、雾气的形态呈现
假以时日
会不会重新聚合成诗人？

返潮的地面，茅舍中熄灭的炭火
这位颠沛者的肺
远比我的疲弱
诗行中不时传出的咳嗽声
让我心有戚戚，又无可奈何。

# 苏　轼

在黄州,马脸的民兵副队长
一部大胡子很是有名
好长时间不写诗了
他怕听乌鸦的叫声
哪一只,都像来自乌台的古柏
他栽竹画竹。这一天
与老和尚打机锋时上了好茶
午后换成了酒
傍晚,炖了一天的东坡肘子上来了
老和尚说"居士可随意"
深夜,他被竹影惊扰
突然想去挖竹笋
有个地方,有点远,叫儋州
那里也有万亩竹林啊
活了一世,等于剥了一个粗大的笋
作为精于辨味的美食家
他知道也就笋尖上那一点可用
不过在他眼里,江湖的海碗
也不算太大

# 杜　牧

做官时间长了。只得相信
命运,才比较真实
打开库房
哪一面镜子上没有铜绿?
这叫历史,也是命运
得找几块带磨砂功能的抹布
论手艺,还是南方的好
如今叫"长三角"的那一带
因赤壁和乌江,经常路过
扬州待了十年
记得良心
记得石榴裙下藏不住一个男人
除了明月
也带来池州的水墨清明
将整个长安街头弄成湿漉漉的
他想了一想,不作青楼行了
一而再再而三要去湖州
这个情种,需要成捆的湖笔
万顷湖水,以及
一位想了十四年的清纯女子
才续得出风流绝句

## 辛弃疾

都知道爷的剑快

与陈亮对饮后，为了某个誓言

你一剑，就劈了坐骑

以为就劈了金主

今晚，桌上几只酒罐都空了

你腰间的剑鸣了又鸣

没有人扶你是对的

那棵老松树成了精，明白事理

微笑一下，就走开了

可我不能走开

除了小酒馆的营生

奴家，还是爷的铁粉啊

知道元夕的灯火

只为那一人准备，可你

已经不说愁了

是个纯爷们

夜将深，看你流口水的样子

牵一头驴，叫小二送你归家吧

我，就不去了

下次来，劝你多喝山泉水泡的茶

解下那柄剑
不望神州,不揾英雄泪
只三杯两盏后,山深闻鹧鸪
在松木桶里泡澡

# 姜 夔

高考，是你永远的痛

你年轻时偏科

中年时自然偏头痛

在《凄凉犯》时《解连环》

巷口的郎中怎么治你？

你自度，都是些雅致的曲子

票房自然惨淡

那两张琵琶注定养不起

何况你向来玩清高

误了多少风流的段子啊

或许，那就是不朽

不过再怎么着，唐宋的江湖

少不了你疏疏的影、暗暗的香

老兄，从《续书谱》中跳下来吧

合肥老地方，你熟人多

枉顾一次。你的《淡黄柳》

不知为何突然就流行了

专治偏头痛的良药

现在不去青楼了，雅集却挺时髦

文学圈美女才女多着呢

陪你游赤阑桥,晒风月、吃版税

放罍子喝酒

# 柳　永

无畏不需要辩护。
杨柳岸和晓风可一把
残月可一把
小令、慢词仅盈盈一握；
诅咒可一把
夕阳每日一次的垂亡
这耗而不尽的青春
这老来不分东西的飘摇。
变与不变
衰老具备的加速度
催促者的心慌。
文牍莫如心得啊
风景从来不分墙内外
什么样的心胸可配享自由？
哦，请重新发一次牌
时间，是需要我来照顾的
美人和酒
均可一试

# 李清照

她认为黄花瘦,自己是不瘦的
事实上称得起丰满
还高大,有男人相
放现在文坛,肯定烟不离手
也没有人敢和她打官司
南渡的罪都受了
万贯家财都散了
再嫁的老公都告发了
谁去触霉头啊
作为高龄女作家,国宝级
组织上爱护
不让她三杯两盏也罢
不让她水中荡舴艋舟也罢
她还是能够放得下事的
可你要求她上主旋律,写正能量
不让她"愁"
愁,是她的命根子啊
不让她养护这跟了一辈子的宠物
这个冬天
她肯定熬不下来

## 柳如是

西湖水冷。以死全节甚难吗？
名士的羞愧
钱谦益老先生的残照。

白面黑发与白发黑面
之中曲折何人晓？
绛云楼，算来还有许多时辰
薄寒。
这迷离中坚守苦待的蝴蝶。

"总一种凄凉，十分憔悴"
教授中的教授
青眼。隔了多少世的红颜知己。
在岭南大学，陈旧的瓷片
被盲学者加热至炭红

# 薛 涛

放胆如放体内的虎
每一只虎，都那么真实。
激越的姐弟恋
"除却巫山不是云"啊
元稹，这出名的花心才子！
而饱满的爱，是累的。
小女子先作《池上双鸟》吧
再寄《春望词》
不枉了身为校书郎
也难为了自制的那么多桃红笺。
可是，盛名之下的才子
需要正能量啊。
该走的总归要走
那就留下诗吧。有故事的诗
懂行的，可以滋养一世。
成都碧鸡坊。这儿挺好
那爱的残骸养护成艺术品了。
镜中道袍灰发别具风味呢
本师太
神形俱佳。

# 王　嫱

其实她活得滋润。
用羊皮纸给汉元帝写信
主要是求一些家族的恩典
当然，也有暧昧的调情。
那只琵琶一直幽怨？
是我们的想象。

她每次都一觉睡到自然醒。
毛茸茸的皮草堆里
露出几个儿女的小脸
骨碌着眼珠
像几只机灵可爱的小兽。
老单于坐一边咧着大嘴憨笑
这比凄冷的汉宫
好太多了。

她是一个讲究实际的女子。
当年主动报名支边
如今老单于归天
她索性

把和自己年岁差不多的小单于
一并儿做了。
是啊,谁知道又一次政治联姻
会来个什么狠角儿?

春天里的这一天
她想起了少年时暗恋的男生
命人收拾好南方风情屋
拾起琵琶
用王后兼太后的葱管般十指
大弦嘈嘈,小弦切切……

# 施夷光

西施,诸暨人,芳名施夷光
面容姣好;腰,盈盈一握;G 罩。
宫里来的人填好表格
这村姑,不浣纱了
苎萝村的鱼都松了口气。

"三年学服。"就是全方位培训
那时勾践放回来不久
满嘴苦胆性欲全退
还时不时从柴房里跑出来
阶段性验收
那厮,也真是拼了。

好故事是不可说到头的。
将西施脱了的夫差
差不多等于
阉了原本雄赳赳的吴国。

好女人是不可求的。
范蠡大夫扬了扬攒花袖子
说:偶遇,偶遇。

# 陈独秀

"男子立身唯一剑"
一把老骨头
数一数剑痕几何。

文学是无用的。在北大
文科学长如斯说
可青年,必须是新的;
孔家老店
真的朽了吗?

任性的教授,率性的革命家。
一团糟的私生活。
蒋夫人,请避开啊
"狱中行房"又有何?

难得。预言独裁的警醒。
大旗被砍倒。
试图耗散你的人
五次立碑
何如故乡一峰独秀!

# 李叔同

开元寺的桑莲花又一度开放
张爱玲说：弘一的墙外
我是谦卑的。

"悲欣交集。"
多好的世界啊
确实，值得一弃！

# 王国维

五十个春秋。水，恰好齐岸。
"只欠一死"
会不会成为一种时尚？

昆明湖污泥里有春天的草浆。
"二重证据法"
三年前即与金水河有约
"南书房行走"，脚力甚好。

三重境界，中国式套娃。

只剩下一根枯萎的辫子；
诸多湮灭中的意外。
"独立之精神，自由之思想"
一个等待
就是一个百年。

蓝

# 梁启超

维新,康党的衣带诏何在?
饮冰室尚存。
婚礼,证婚词声色俱厉
志摩兄的硬白领被汗水浸湿。

巨大的游戏
峥嵘啊! 横扫千军万马的笔。
生与死,均不排斥
只是可惜了右边的那只肾!
批评者的批评
呈现出
硬币的另一面。

帝门可破
师门亦可破
清华园一方沃土气象万千。

记得他强韧的筋骨。
记得他呼唤的少年之中国
和他一样
有明亮而宽阔的脑门。

# 胡　适

飞扬的温暖。新思想中的旧道德
风气之先，自由之心性
他看到民间升腾的水汽
连绵不断的惊喜。
哲人，总是深陷于自己的哲学之中

作为靶子也是一种荣幸。
小册子专家
蝴蝶和兰草
没有什么是已知的。
"适之，我亲爱的朋友"
北大红楼的红，有时是绯红。

民主，只是一种生活习惯。
他晚年的避让
来源于一隅的贫瘠吗？
还能比曾经的自己更优秀？
这乐观主义者不语的悲伤
微量而又真实存在。

蓝

## 章太炎

骨质疏松的民国。章疯子
乱踹一脚。袁宫保痛彻至心啊。

医国？他"娶妻当药"医自己
华夷之分，非共和。还要医何人？

出身章门，不为大师也难
真理、吾师，为何不能皆爱？

斗大的胆如何炼成？疯，是魂魄。
如今，靠文字讨生计者皆老。

# 周树人

时辰尚早,先生你着长衫
何如坐下来喝一点黄酒
烟,备了好多条
棋盘上的厮杀不可开交
你只信手攻卒,白刃见血
从来不回头
事实上你是说故事的
迅哥儿的百草园,植物志
闰土的项圈是银亮的
阿贵说:"先前比你阔多了。"
你摸了摸倔强的胡子
医国无圣手啊
摸到了那么多病灶
何处下刀?
囊中的丸药
还不够对付自己老旧的肺
先生抽烟太凶
火气太盛
这一天你回到绍兴
摸了摸口袋,"硬硬的还在"

可馒头早哄抢一空
时日无多。你望了望北方
西三条胡同的老树上蝉声凄切
朱安太太
正掐准日子下了一碗面
大先生的生日，到了

# 顾　准

人世会有传奇吗？
一枚粒子沿既定的线路运行
无数个交汇点
相遇，却不会改变
他的身后
有试图改变而散乱的人群
中年时遭遇才情的埋伏
忘了年轻时的韵脚
却无碍于修建
语言和信念的玲珑塔尖
至此尚无定论——
他确信，暗黑的煎熬
仍可将光亮消耗直至深埋
尽头的低回
思想是思想者的牢笼
死胡同。垂首
是一个人向一个整体的默哀

第四辑

# 寻常见

一个女孩好看的微笑
你只能认为她今天的心情不错
心情是一种烈性病毒
会感染
你的心情也会不错
这是群居动物的下意识
并且会影响到身边的人
都会想
老家伙有嘛子喜事了？
和他放肆一点吧
把要求提得过分一点吧
今天，老家伙定会从谏如流
办公室人进人出
老家伙看到被称为效率的词
多少天来
整个楼层被彻底和谐了一次
快下班了
老家伙将腿架在桌子上
香烟的味道真醇和
老家伙没有想明天的事

**蓝**

没有想那个微笑背后的意味
也没有想
万物的背后，究竟隐伏着什么？

# 文　学

他带了些现当代作家
如惠山泥人，放在我的书架上排队
我只是面熟而已
听说过几个人的逸闻
也知道"先秦文学"这个吓人的词
翻检他的几块"豆腐干"
我说是下酒的料
哪天，一起喝一杯？
打开一本杂志，他指着某个作者
我说只是与老家伙同名
他松了口气，奉承我的博学
脸上有谦卑的自得
脚旁的书兜里
几位峨冠博带的老东西伸出脑袋
神情，很有一些迷惑

蓝

# 数　学

我还能与他说什么？
我的同行
同一山门的后辈
利益值，精确到小数点后两位
自己永远站在"大于号"的开口处
倚小卖小
有时，也会打我老字号的招牌
招摇一下
他，已坐在那里整整一下午
球场上的喧闹声渐稀
唉！办公室里的时间
厌倦得
就像数学中的无理数
就像他的纠缠，无限且不循环

# 物理学

我们只是两粒尘埃
无知觉中被摩擦
静电,释放出蓝色的火花
多么微小
那些定律,早就用字母
死党般结拜出公式
我们感觉不到作用力和反作用力
我们只是
感知到了自己真实的存在

# 化　学

"爱情,也就是化学反应"
他宣布
全然不顾在场文学女的脸色
"酒,我来斟
酒杯是烧杯,我的手就是刻度"
他解释了中学和大学的化合价
告诉那是决定一切的东西
"你们的胃是反应釜
酶,决定了反应烈度"
如同内行的酒徒
脸红是"原子的重新排列
与酒量无关"
他说得很认真
斜了旁边闷不作声的人一眼
"物理是表象;化学,才是实质"
对我还算客气:
"老哥,你人不错
也就是一堆
随处都能抓一把的元素"

# 经济学

理论的完整性

恰巧碰上市场的不完整性

经济学的脸色好几天缓不过来

建筑学说

他对中国股市的好感

大到经济学和市场互撕的程度

他家不需要房但股市送一套也就笑纳

问题在于经济学向左他向右

经济学依然谈股

注释大于文本

下决心开除的唯一学生是自己

最近，买了一辆二手车

英国货，驾驶员的位置让大家别扭

经济学每次都从右边下车

绅士般正一正衣冠，说

感觉真不错

# 建筑学

建筑学最崇拜的是数学
喝酒前自饮一杯
祖宗啊,你在这儿我不能说话
黄金比是我的圭臬
课堂上
建筑学胆子忒大
206 块骨头,分配好了
作品就有人气
比人气更重要的是艺术的质地美
懂吗?
美,是物质的
看鸟巢,你们有蛋吗?
看水立方,你们是鱼吗?
看那蜂巢样的楼群
你们有胆吗?
学生们一个个变成嗡嗡嗡的家伙
建筑学露出肥白的屁股
来,扎一下
你们就知道深浅了

# 体育室

这些哥们儿我早就领教过
大学校园里一群鼻孔朝天的犀牛
其他人,都是绵羊
得小心绕开他们轰隆隆的通道
怯生生看他们
大冷天穿拖鞋
着国字号运动装
钢精锅打饭
一只手,提溜起四个暖水瓶
我与个别人关系不错
分享过带着江湖气的善良
此时,我正在听一堂理论课
看落单的犀牛怎样被锯掉吓人的角
其实他不必紧张
人体生理学中的一些词我根本不认识
骨头和肌腱、运动系统、内分泌
我一头雾水假作镇定
评点时表扬得很有分寸
他说:"校长,你怎么什么都内行?"
我在他宽厚的背上甩了一巴掌

"赴宴去！"
酒过三巡，他终于找到了自己的牙齿
"大师哥，我得讲山门规矩
帮你代这一大杯
谁敢说话！"

# 微机房

十多年前这些都是宝贝
紧裤腰带刮牙缝
五十张蓝莹莹的屏幕看起来真畅怀
那小子也是宝贝
有一副灰扑扑的脸
工作站里的烟灰缸怎么也弄不干净
他把自己整天关在玻璃隔间里
头戴耳机手指飞舞
好像从来不下班
每次外接任务,他完成得都不错
办公室机器中毒
我身体里满是蠕虫,他手到病除
是可以向外炫耀的专家之一
这次本想好好表扬一下
却看见屏幕上车马炮轰轰烈烈
他紧张地抬头一笑
满脸全是些早衰的皱纹
我说
大师,咱俩来一盘如何?

## 崭新的旧

看不清昨天的面目

人们常说浪费了好时光

它刚刚过去

一本没有机会开封的书

已经旧了

许许多多的昨天

都是崭新的旧

书橱中一本又一本崭新的旧书

静静地等候在那里

像深宫里未经人事的宫女

绝望中一天天旧下去

很惭愧自己的懈怠之心

想一想也就释然

这个世界需要一些空置

一些遗弃

作为精彩事件的参照物

上帝制造出人

一些男女

甚至一辈子闲置了绝世风华

但你不能责怪上帝

上帝说过许许多多的疯话
大多数是掠过我们耳旁的凉风
上帝的怒气一天又一天积攒
也是崭新的旧

# 一个人的战争

与黑暗比一比我的命。
普通人也有一张嘴：
"杀无赦！"
躲在小书房的人有恶毒的心肠
小分头,小胡子
眼镜架上缠着脏兮兮的胶布。
这又有什么关系呢?
来了,战争不可撤销
高举刀枪的欢呼者
交战方有各自的快感
狡诈甚于勇敢
古老的荣誉,奢侈品
绅士般的决斗将不再出现。
致死,肆无忌惮
恶毒是恶毒的滋补品啊！
躯体的硬壳
拒绝打搅的好场所
每个人都进行自己的战争
干掉一切。
他关掉昏黄的灯

摇摇晃晃走出小书房
黑乎乎的液体从鼻窍里流出来
他知道自己
终究逃不出自己的手心。

# 中秋与甘伟①书

上海的天眼不开
雨，下得贼大。
两个爱月亮的诗人被毁了
爱吃肉的老苏吵着去黄州
爱风流的老柳误了杭州的高铁
在发屋里逍遥。
老甘把两位的邀请函撕了
持着钓竿等自家的院子成为池塘。
第二天
老甘独自喝了几杯闷倒驴
去了白马寺寻一匹打响鼻的白马
那马流泪说：
甘兄，我是一匹具象的马
多年的鼻窦炎啊
看到的月光，总是黏糊糊的

---

① 甘伟，当代诗人。复旦大学诗社第七任社长。

# 抵 牾

她怀孕了。在延长路
上海大学南门
去熟食店的准爸爸过了马路
要她等一小会儿
双手在腰后吃力地撑隆起的腹部
包掉了
我弯腰拾起来递给她
哦,她的微笑一点也不笨拙
那么美
带一点羞涩
抬眼看我的那一刻
我心温柔得要命
真想轻轻抱一下
真想问她还需要什么帮助
提着烤鹅的准爸爸回来了
打消我所有的念头
课堂上
上大许道军教授正强调精准才是要害
实践告诉我
即使魔鬼,也有以拥抱
融化自己的好时光

# 秋浦河遇李白

先生莫心碎，明镜里有春意
那些白猿，往更深的深山里修行去了。
秋浦诗已经万古
秋浦河是你体内一条蜿蜒的血管
被描绘的白云依然温婉有礼
万千女贞初发新芽；
你看看，这依山傍水的酒寮
尚存古意啊。
这土酿实在，有十二分后劲
放心喝，在这儿，天塌下来也是蓝的。
只是，请先生除去帽子时招呼一声
那三千丈白发，瀑布般猛泻而下
就能让这河春水暴涨
来一次桃花汛。

# 习惯是自己驯养的宠物

足踝和发丝
那些难言的,非我苦心所致。

该离开的,是时光、朋友甚至亲人
你一辈子厮混
你驯养时习惯也在调教你自己。

随身可带的,只有这不舍
甚至盲目,甚至沉睡,甚至情感的雪崩

幸福于你依然一无所知。
转过脆薄的屏风,白云时有时无
手中的细链与苍狗无关

星汉微茫。该离开了
你挽习惯之臂踽踽而行浑然不觉
如同一对衰老主仆遗落下
拉长的影子。

# 不死的诗歌是游荡的鬼魂

褪去这些诗歌的衣衫

我知道虚幻的意识从来不具重量

重压从何而来？

强大的能量场从何而来？

不死的诗歌是游荡的鬼魂

携带小包的炸药

出没千年

多维的空间啊

每遇上一次,都有熟悉的陌生感

如同前世所见

而我的身体究竟有多少条秘道？

这游荡的鬼魂

怎能知晓所有的打开法门？

咒符,眩晕,隐秘的哭泣

宣泄或隐忍的快意

唤醒也是一种罪恶啊！

被扎穿的愉悦,于寡欢者是何等的僭越

体内的严谨部分

真理,冰冷的铁律

不与诗歌为伍

正藏匿带着暖意的眼神
以存在的审判
对不存在的逃亡,实施逻辑上的赦免

# 浅　雪

天气预报，大雪的气息蔓延
超市货架上的蔬菜空了
我们所在的这家餐馆
又进了几桶油
厨师的白帽子也似乎白了许多
从早上，一阵紧似一阵的寒风中
我们就开始承受某种幸福了
席间，有人构思关于大雪的诗
很磅礴的那种
引发出一番酒的豪兴
和朋友拥出门
灯光下散布的东西，好像不是真的
踩上去有焦脆感
如同刚才盘中的一道菜点
浅尝辄止，可
为什么要失望呢
有时，失败是值得肯定的
这浅浅的雪，恰似我今晚意外的薄醉

# 我只是克服丑陋的想法

高尚那么遥远。
我赞美有人穷尽一生的追求
是云端带白色翅膀的天使

与洁白幸福的心灵相比
我是惭愧的。
有时，总会有一些丑陋的想法
不明就里地冒出来
好像魔鬼临行时丢下危险的影子
我只是努力克服。

我一直都是一个平凡的人
未窥喜悦万物的境界。
偶尔挥毫时倒也十分注意
不会将墨汁溅到某人的硬白领上
尽管，心里也曾这么想。

事实上，当魔鬼压低了嗓门
柔声的召唤极具诱惑力
干一件坏事，应该，十分地痛快。

# 蓝

多年前我就过了变声期
这些想法存在,不会让我羞愧至死。
当我努力克服时
人,就不是那么无趣;
至少在朋友圈内
我是一个有血有肉的家伙。

# 我将删除多余的岁月

删除招摇于春秋的枯枝碎叶
删除坚硬的表皮、疤节
删除虬髯般的
深沉了多少年的杂乱根须
删除蓬勃
删除激荡
删除自幼所立志向的高远
删除强横和戾气
血腥和积垢，不甘和厌倦
但我，不会回复到一株嫩苗
不会回复于春风中的柔弱
秋雨中的凄迷
我只是删除掉一些多余的岁月
把朴素的纹理
真真实实呈现出来
我只是一张散发天然香味的
裸露本质的躺椅
在整修一新的草坪上

## 小杜的一天

他的醉比花荫要深
他的睡比花荫和醉都要深
这个才子一个懒腰长过一上午
看他身架，不是个床第高手
风流的名头在于撩妹
将船泊于秦淮
是遵守一次虚幻的承诺
杜十三郎，只醉心于精致的扬州
喜爱茉莉花茶和细点
通过香气辨识女人的高下
喜欢将早餐当中餐吃
柳绿花红中骑马遛几个弯
瘦西湖的亭子里会几个朋友
夕阳酡红，红烛高照
今天的晚餐是重点
五星级青楼独请他一人
这是名头带来的无奈之一
就着一坛女儿红
他干掉一碟水晶虾仁
一条松鼠鳜鱼，一盘桂花藕

红焖肘子赏给了他喜欢的小厮
然后靠在锦榻上一边泡脚
一边听玉人吹箫
夜深了，他成为这间套房的主人
留下一位通文墨的细腰姑娘
教她写风情诗
说要学会以小博大
比如赤壁
在眼里，就只能是一小片铁锈

# 不要对黑夜漫不经心

不要对黑夜漫不经心。
早期的人，被黑夜捆绑
窝在洞穴的深处
生物的时钟是不可动的奶酪。
睡眠不是黑夜唯一的馈赠
神秘是更好的礼物。
幼时，县城照相馆
我见识过老式相机的黑布袋
小小的黑夜中
倒悬的镜像清晰无比。
现今，你无法改变
筛子般漏光的城市黑夜
以及由此而生的疲软白天。
从无可奈何到漫不经心
你已习惯于城市对上天的悖逆。
可以选择地方
比如依然早睡的老家。
可以看到"看不见"的黑夜
和想象一样辽远。
可以拾取到如今稀缺的敬畏

可以看到一些为白天充电的东西
在黑夜里慢慢聚拢。
你也可以在挤满鸟鸣的早上
把黑夜翻过来
看一看内衬的黎明
羔羊皮一样洁白柔软清新。

# 我的心柔软而盲从

今天有大把的阳光
小区里的景物清爽而干净
与朋友相聚后回家
那么多窗口
每一扇的灯光都充满温情
我知道这与心情有关
事实上最近有融化的感觉
像春阳里的冰
正把坚硬从内心释放出来
家中并没有改变什么
身周的环境也没有改变什么
听流行歌曲里的调调
有时竟让我热泪盈眶
我这是怎么了？
一本杂志里竟然有些好诗人
老婆也好像生动了许多
多少年来喜欢男性化的冷峭
估计有作秀的成分
柔软的心有什么不好？
适当的盲从有利于消化

可能这就是一个节点
让我把双手伸出来
进入人性馈赠的温暖手套
品尝放松和随意的滋味
私下里再悄悄说一声
"爱你，这个时代"
让我的心继续柔软而盲从

# 你说的好日子似是而非

怀念过去,你说那是好日子
零碎记忆如尘土里的珍珠
一个个淘出来擦拭
你说现在的天空多么昏暗无力
是那些珍珠照亮你的脸
灵魂也好像被照亮
事实上你说的好日子有点可疑
怀念的只是曾经的年轻
无处释放的精力、盲从和警惕
以及一顿饱饭的快乐
你记住的只是你想记住的
不堪言的苦难被下意识隐去
无意责备,你赞美逝去的旧时光
如同诉说一个逝去亲人的好处
歪曲性记忆是另一种自闭症
我的提醒是无效提醒
你说的好日子似是而非
你在回忆中看到自己的笑脸
我在一旁看到你衰老的背影

# 大寒帖

如同正午的阳光
这只鸟,栖落在我的书桌上
一身淡金的羽毛
小小的喙
弄出些银亮的音节
事实上这是冬日
窗外只有落魄的麻雀
这只鸟,准确地说是一只鸟崽
干净、明亮。书桌上跳来跳去
一团淡金的色调中
两粒小小的黑宝石眼珠
正歪头看我
事实上这是冬日最寒冷的一天
厚厚的棉衣,厚重的棉鞋
空调机重病患者般苦苦挣扎
我搓着手看看窗外
天色阴沉
麻雀也不见了踪影
事实上这是漫长的大寒夜
书房里的我寂寞难耐

蓝

没有什么鸟——
但我认为，它，已经出现
一团淡金的羽毛
干净、明亮，小鸟崽
书桌上跳来跳去

# 干净的雪

喜欢悄无声息的雪
一门心思地下
如同全神贯注做一件事
一不留神就是大事
让世界干净。这世界
太需要一份干净
让脑壳里只有简单的感叹
一份纯粹
让家人知道干净也还容易
悄无声息就来了
让家人在干净的环抱中
领略一下猫冬的滋味
围住火锅人人红光满面
想法和言辞都很干净
一家人就这么静静猫着
让悄无声息的雪
把世界的干净都逼出来
如同逼坏人干一件干净的事
逼久了就能逼出良知
最终坏人也可能成为好人

蓝

床上被窝温暖又干燥
外面是厚厚的雪被
什么样的睡姿都能安心入眠
这是新年后的一场雪
悄无声息
与我想象中的一样大
睡梦中暖暖的雪拥住门窗
雪光满室
干净到圣洁的地步